夏洛书屋 经典版
CHARLOTTE'S BOOKS

春の窓 安房直子ファンタジスタ

北风遗忘的手绢

【日】安房直子 著

彭 懿 周龙梅 译

上海译文出版社

图字：09-2015-041 号

图书在版编目（CIP）数据

　　北风遗忘的手绢／（日）安房直子著；彭懿，周龙梅译. —
上海：上海译文出版社，2023.5
　　（夏洛书屋·经典版）
　　ISBN 978-7-5327-9298-6

　　Ⅰ.①北… Ⅱ.①安… ②彭… ③周… Ⅲ.①童话－
作品集－日本－现代 Ⅳ.①I313.88

　　中国国家版本馆 CIP 数据核字（2023）第 049498 号

北风遗忘的手绢　春の窓 安房直子ファンタジスタ

〔日〕安房直子 著　　　　彭懿　周龙梅 译

责任编辑　赵平　　　　内文插图　岑骏
装帧设计　严冬　　　　版式设计　申祁颉工作室

上海译文出版社有限公司出版、发行
网址：www. yiwen. com. cn
201101　上海市闵行区号景路 159 弄 B 座
上海雅昌艺术印刷有限公司印刷

开本 890×1240　1/32　印张 4　字数 29,000
2023 年 6 月第 1 版　2023 年 6 月第 1 次印刷
印数：0,001—5,000 册

ISBN 978-7-5327-9298-6/I・5792
定价：35.00 元

本书中文简体字专有出版权归本社独家所有，非经本社同意不得转载、摘编或复制
如有质量问题，请与承印厂质量科联系　T：021-68798999

安房直子的童话森林

陈赛

《三联生活周刊》主笔

我读过的第一个安房直子的故事，是《狐狸的窗户》。一个猎人在山间迷路，遇到一只会变形的小狐狸。它将猎人的手指染成蓝色，搭成一扇菱形的窗户，就可以从这个窗户里看到已经逝去的爱人。不幸的是，猎人不小心洗了手，从此再也无法看见窗户里的风景。

《狐狸的窗户》很容易让我们想到哈利·波特的厄里斯魔镜。Erised 反过来，就是 desire（欲望），就像镜中的映象。发现这个魔镜之后，哈利几次深夜坐在厄里斯魔镜前，望着镜中的家人，久久无法离去。后来，邓布利多告诫他，镜中只是幻象，而非现实，我们需要活在真实的世界里，与现实发生真切的联系。

邓布利多的告诫很有道理。毕竟，哈利的父母已经死去，再强大的魔法也无法让他们复活。但是，我们真的应该把魔镜收起来吗？

对于安房直子来说，这个问题的答案大概会是一个大大的"不"字。她曾经说过，她之所以写幻想小说，是出于"对消亡的东西的憧憬"——

"对消亡了的、谁也看不见的东西，以及对弥漫在废墟之中的不可思议的色彩的幻想，吸引了我。"

这个世界上有一些东西，我们的眼睛看不到，耳朵听不见，必须借助一些特殊的手段或者工具才能一窥究竟。比如，望远镜、放大镜、显微镜。再比如，距离、间隔也是一种很有效的手段，就像美国作家厄苏拉·勒·奎恩说的，"如果你想看看地球有多美，就应该站在月球上看；如果你想看看生命有多美，最好站在死亡的视角"。

在安房直子的这本小说集里，我发现几乎每个故事里都有一个"看见"或者"听见"的神奇瞬间。

《北风遗忘的手绢》里，寂寞的月牙熊借助北风少女留下的手绢，听到了雪的声音、风和雨的声音、树叶和花朵的声音。换句话说，他听到了寂寞的回声。

《来自大海的电话》里，男孩松原因为吃了螃蟹们的沙子点心，所以能听见海螺里螃蟹合唱的声音、吉他的声音和海浪的声音。

《有天窗的小屋》里，主人公因为将一朵花的影子占为己有，得以进入与一棵树的对话。

手绢也好，沙子点心也好，一朵花的影子也好，在安房直子的笔下，都是开启某个神秘宇宙维度的钥匙。但是，它们在我们心中唤醒的感觉又如此不同。手绢是寂寞的，沙子点心是明朗的，而一朵花的影子则带着恐怖的气息了。

J.K. 罗琳的哲学是实用主义的：魔镜的功能是一次性的，它映照出哈利·波特心中真正的渴望是爱、是家庭，这些在现实生活中是可以去追求，也值得去追求的。一旦他明白了这个道理，就可以将魔镜收起来了。

安房直子的哲学则是东方隐逸式的。据说她一生深居简出，远离尘嚣，甚至拒绝出门旅行。现实世界和幻想世界给她选，她一定毫不犹豫地选择后者。用她自己的话说，她的心中有一片可以称之为"童话森林"的地方——"那里一片漆黑，总是有风呼呼地吹过。不过，像月光似的，常常会有微弱的光照进来，能模模糊糊地看见里头的东西。不知是什么原因，住在里头的，几乎都是孤独、纯洁、笨手笨脚而又不善于处世的。我经常会领一个出来，作为现在要写的作品的主人公。《北风遗忘的手绢》里的熊、《雪窗》里的老爹、《蓝的线》里的千代，都是从同一片森林里出来的人物。"

安房直子自小熟读西方童话，写作也深受影响，但比起安徒生、格林兄弟、《一千零一夜》，她的"童话森林"显然更纤细、更温柔，也更美。

《黄昏海的故事》里，我们能看到《美女与野兽》《美人鱼》的某种变形，但那个因为背叛了自己的诺言而被海龟纠缠不休，终身不嫁的可怜姑娘，却是典型的日本民间传说里走出来的。

《有天窗的小屋》里，我们能看到安徒生的《影子》的影子。和安徒生的《影子》一样，这也是非常诡异的故事。一个身心遭受创痛的人前往一个林间小屋疗伤，在一个满月之夜，他无意间摘下了月光投下的一朵辛夷花的影子，他不顾辛夷树的请求，带着那朵花的影子逃走了。最终，人重获新生，而树则枯竭而死。从经典童话的视角来看，这个人的行为无疑是非常自私的，根据道德训诫的原则，他本应遭受严厉的惩罚。但在这个故事里，却只是一声叹息而已。因为人与树的行为，都是出于求生的本能，对生命能量的渴求，与对错善恶无关。

在寂寞和忧伤的基调之外，安房直子的小说有着极强的视觉辨识度。《狐狸的窗户》给人一种强烈的印象派的感觉，像莫奈的睡莲，又美又忧伤。《北风遗忘的手绢》则有一种荷兰静物画的意趣，孤独的月牙熊坐在椅子上，静静地凝视窗外的风雪，仿佛是在凝视生命的荒凉与虚空。《有天窗的小屋》则像是一个描绘在浮世绘上美得令人窒息的月光下的梦……

安房直子的小说中还经常提到音乐，但连她的音乐也带着画的质地。月牙熊形容小号是一种寂寞的乐器。"虽然发出的声音很大，却奇妙地带着一种悲伤的回音，如同落山的夕阳。"北风太太的小提琴拉出的小步舞曲，"细细的琴弦颤动着，产生了一个个音符，架起了一座音色的阶梯。熊怀着一颗寂寞的心，一步步朝那音乐的阶梯上爬去"。

那么，问题来了，安房直子的童话森林，我们可以长久地沉溺在其中吗？这样，算不算逃避现实呢？

我是这样想的。她从童话森林里带出来的这些色彩、音乐、意象，以及那些"孤独、纯洁、笨手笨脚而又不善于处世"的主人公们，一旦走进我们的心中，就会像月亮的恶作剧一样，真实而鲜明地改变我们心灵的风景。下一次，当你看到一朵辛夷花的时候，就会想起它在那个月夜魅惑的银色影子；下一次，当你听到北风吹过时，你的耳边会响起明亮悲伤的小号声，圆润悠扬、像阶梯一样层层上升的小提琴声，以及白色的雪花飘落时扑、扑、扑的声音；下一次，当你将手指搭成一扇菱形的窗户，也许，只是也许，你会看到那些早已逝去，却令你留恋不已的故人。

目　录

北风遗忘的手绢

1

熊的家在山里，山里冷极了，天天刮北风。

虽然是一座简陋的房子，却有一个特别大的烟囱，门上贴了这样一张纸：

> 谁来教我音乐，
> 我厚礼酬谢。
>
> 熊

这座房子里孤零零地住着一头月牙熊，它一个人生活。大约半年前，发生了一件不幸的事情，打那之后，它就一直一个人生活。

房子里有一把扶手椅、一台白色的冰箱和一个非常大的火炉。炉子里总是燃烧着旺旺的火，上面坐着一把煮茶的大茶壶。

月牙熊整天坐在扶手椅上，一边用大茶杯喝茶，一边沉思。

这头熊今年四岁了。熊四岁就是大人了。所以，他前胸的白色图案，已经十分清楚，形成了一个漂亮的月牙形。它长得又高又大，可内心还是个小孩子。

"太寂寞了，心里凉凉的。"

熊小声嘀咕着。

房子外面，山林沙沙作响。这时，它好像隐隐约约听到有谁在敲门。

"咦……"

熊竖起耳朵，又听了听。

咔哒咔哒，咔哒咔哒，咚，咚，咚……

"大概是风吧！"

熊歪了歪脑袋。

咔哒咔哒，咔哒咔哒，咚，咚，咚……

还是有谁在敲门——没错，没错。

"来了！"

熊霍地一下站起来，朝门口走去。

打开重重的门，一股冷风嗖地一下灌了进来。风中果然站着一个人，一个骑着一匹蓝色的马的蓝色的人。看到这一幕，熊不由得哆嗦了一下，有了一种不祥的预感。为什么呢？因为那匹马从马鬃到马蹄都是蓝蓝的，骑马的人从头到脚也都是冷冷的蓝色。

不过，那个人右手握着一把金色的漂亮乐器。

熊看到那把乐器，心里顿时一亮。

"啊，你是来教我音乐的吧？"

熊叫了起来。

"……"

"你是音乐老师吧？"

听了这话，那个蓝人不太高兴地说：

"什么老师，别开玩笑了，我是北风。"

"北风……"

"我想在这里休息一下，所以就顺路进来了。不过，借这个机会教教你音乐也可以。"

"啊，那太好了！只要能教我音乐，我才不管你是北风还是什么呢！"

熊高兴地说着，把蓝人让到了屋里，带到扶手椅的前边。北风一屁股坐到了那把唯一的椅子上。

接着，熊就跑去泡茶。它拿出来一只大茶杯，从炉子上的大茶壶里咕嘟咕嘟地倒了一杯茶，然后笨手笨脚地递给了北风。

熊自己也想坐一坐，可是没有地方坐了。它朝四下里瞧了瞧，这才发现唯一那把椅子已经让给客人坐了，于是便挠着头，坐到了地上。

"我说北风啊，"熊抑制不住喜悦的心情，心神不定地搓着膝盖问，"那到底是什么乐器啊？"

听它这么一问，北风抿嘴笑了。

"我倒是要先问问你，你为什么要在门上贴那么一张纸？"

"因为我太寂寞了，因为我想学会音乐，就不寂寞了。"

"你为什么会那么寂寞呢？"

"因为我，只有一个人。"

熊垂头丧气地说。

"为什么你是一个人呢？"

"都死了。上回也是这样一个大风天，人类来了。爸爸被砰地一枪打死了，妈妈被砰地一枪打死了，弟弟妹妹也都被打死了，只剩下我一个。"

“所以，你才天天哭着过日子。”

北风抢先说道，但是熊摇了摇头：

“不对，我没有哭。哭不是月牙熊应该做的事情，不过……”

熊垂下了头。

“我实在太寂寞了，心里好像有风吹过一样。”

“原来是这样啊。但是学会音乐，也不一定就会消除那种寂寞啊。”

北风说完，就笑了起来。

“不，我是这么想的。学会音乐，就会忘掉一切，心里就会被擦得亮堂堂的。把所有的孤独和寂寞彻底忘掉。”

“原来是这样啊。”

北风点了点头。熊望着北风的金色乐器，又问了一遍：

“这是什么乐器啊？”

“这是小号。”

“小……小……是什么？”

熊的舌头转不过来了。

“小，号。”

北风一个字一个字地重复了一遍。

“小号。”

“哈，这回对了！”

说完，北风就站了起来，突然吹起了这只漂亮的小号。

声音好大啊！又锐利，又辉煌。熊突然觉得自己的屋子里一下子被染成了金色。

"真好……"

熊眨巴着眼睛叫了起来。

可是……听着听着，熊发现小号原来是一种寂寞的乐器。虽然发出的声音很大，却奇妙地带着一种悲伤的回音，如同落山的夕阳。

"啊，我也是一样。虽然个头又高又大，却总是那么寂寞。"

熊彻底喜欢上了这把乐器，所以，当北风吹完一首曲子之后，它便恳求说：

"能让我吹一下吗？"

北风把小号小心翼翼地交给了熊。熊接过来后，紧紧地握住，然后用力吸了一口气，使劲儿把小号塞进了嘴里。

它使的劲儿实在是太大了，就听见咣的一声。

小号重重地撞到了熊的门牙上。

"好疼、疼、疼！"

熊捂着嘴巴，蹲了下去。

"没事吧？"

北风问。

"嗯……"

熊点了点头，还是很疼的样子。

"不是你，我是问小号没事吧。"

北风急忙从熊的右手里把小号夺了过来，仔细地查看起来。

"哎呀呀，划了一道痕！"

然后，北风才看着熊问：

"你没事吧？"

"没……没事。"

熊闷声闷气地回答道。不知为什么，它觉得脑袋有点晕晕乎乎的。它没发现自己的一颗门牙被小号撞断了，但是北风马上就发现了。

"你被撞断了一颗牙吧？那就不行了。"

"吹不了了，是吗？"

熊不安地仰头看着北风。

"是啊，吹小号是没希望了。"

他没有说错。

熊一说话，气流就从那颗被撞断的牙的豁口里漏了出来，像丝小风一样。

"那就请你多保重了。"

北风站了起来。

"你就要回去了吗？"

熊捂着嘴，不甘心地问。

"是啊，我还有很多工作要做呢。"

北风说完，就朝门外走去。可走了几步，他像是又想起了什么似的，返回来说道：

"门上的纸上写着'厚礼酬谢'，对吧？那我得收了厚礼再走。"

"厚礼？"

熊张开的大嘴合不上了。连个音乐的音符都没有教，而且牙还被撞断了，竟然还要收谢礼？

北风马上说道：

"因为你，我损失了不少时间。我听你说了你的身世。而且是你自己把牙撞断吹不了小号的，你不能怪我不教你音乐。还有，我的宝贝小号也被你划伤了。所以，我不能不收厚礼啊。"

原来是这样啊，熊想。

"那倒也是。今天算我倒霉，那就给你厚礼吧。"

熊说着，把北风带到了冰箱旁边。

冰箱里放着熊珍藏的食物，一篮子野葡萄和一盒菠萝罐头。

"唷，还真有好东西啊！"

北风大叫了一声。

熊提心吊胆地说：

"不过，不能给你太多，我只有这些了。"

可是北风二话没说就伸出了蓝色的手，一把抓起了菠萝罐头。

"啊，啊，那是……"

熊还想说什么，可是北风已经把罐头迅速塞进斗篷里，连声再见也没说就走了。

"啊——"

熊砰地一下关上了冰箱的门，然后一屁股坐到了扶手椅上。

熊一点力气都没有了，比以前更加寂寞了。

2

可即使是这样，熊还是想学音乐。

今天，会有真正的音乐老师来吧——熊坚信会有这一天，所以等了一天又一天。

有一天，有人来敲熊家的门了。

咔嗒咔嗒，咚，咚，咚。

"哎，来啦！"

熊跑过去打开了门。一个蓝色的人骑着一匹蓝色的马，站在风中。

"哎呀，怎么又来了？"

熊目瞪口呆地张着大嘴。不过这回来的是个女人。长长的头发在蓝色的风中飘舞着。

"哟,这回是北风太太啊。"

熊叫了一声。女人蓝色的大眼睛像石头一样直勾勾地盯着熊。熊心惊肉跳起来,连忙说:

"你老公早就来过了,一个多星期前吧。"

蓝色的女人听了,一本正经地说:

"我知道,我们跑的时候相隔三座山的距离。所以算起来,正好是一个星期。"

原来是这样啊,熊想,隔着三座山,北风真是了不起啊。

然而,更叫熊吃惊的是,这位北风太太还抱着一把小提琴。当熊看到它时,高兴极了。

"哟,你还带着小提琴呢。我最喜欢小提琴了。教教我吧。"

北风太太听了嘿嘿一笑,说:

"先让我歇口气吧。如果有热茶和点心,就再好不过了。"

"茶倒是有,可是没有点心啊。不过,要是你能教我小提琴,我会送你好东西。"

熊这样说着,就把这个女人让进屋里,带到了扶手椅的前面。北风太太拖着蓝色的长裙,坐到了椅子上。

熊边倒茶边说:

"上回你老公带来了小号,可我最终也没有吹成。今天你能让我拉拉它吗？"

北风太太听了，一边伸手在火炉上烤火，一边说：

"小提琴很难拉的哟！"

"是吗……但最简单的曲子，我总可以拉吧？"

"这可就难说了。"

说完，北风太太打开琴盒，取出一把板栗色的小提琴。熊眼睛一眨也不眨地看着它。

"好，那我就给你示范一下吧。"

北风太太站了起来，拉起了小步舞曲。

小步舞曲……多么圆润的名字啊。细细的琴弦颤动着，产生了一个个音符，架起了一座音色的阶梯。熊怀着一颗寂寞的心，一步步朝那音乐的阶梯上爬去。于是，寂寞的心一下变轻了……

"听着音乐，心就会一直到达月亮。"

熊如痴如醉地嘀咕着。小步舞曲结束后，熊说：

"我也要拉一拉！"

"好吧，那你就稍微摸一下吧。"

北风太太把小提琴交给了熊。熊微微颤抖着接过琴，然后用力夹在了下巴中间。

"啊，不行不行，那样不行！"

北风太太连忙夺回小提琴，让熊用左下巴轻轻地贴住琴身，用右手轻轻地握住琴弓。这回姿势对了。熊回想着那首小步舞曲

的优美旋律，用琴弓轻轻地、轻轻地蹭了蹭细细的琴弦。

你猜怎么样？

嘎，嘎，嘎——

小提琴发出了一串让人浑身起鸡皮疙瘩的怪叫。熊吓得差点停止了呼吸，心扑通扑通直跳。

过了好一会儿，熊才翻着白眼好不容易说出一句话来：

"这到底是为什么呢？"

"对你来说，恐怕太难了。"

北风太太轻蔑地说，然后就收回小提琴，迅速地放到了琴盒里。

"为什么呢？这是为什么呢？从哆唻咪发嗦学起也不行吗？"

熊苦苦哀求。

"不行，对你来说太难了。"

说完，北风太太站了起来，然后说：

"我得收完厚礼再走。"

"厚礼？你什么也没有教我啊。"

熊惊叫起来。

"你没有那个天分，就算我想教你也没法教啊，可我还给你拉了那么动听的小步舞曲。"

原来是这样啊，世上原来如此啊，熊想。于是，熊把北风太太带到了冰箱的前面。

“哇，好吃的葡萄！”

北风太太叫了起来，然后也不等熊答应，就把装葡萄的篮子抱了出来。

“啊，啊，啊——”

熊呆住了，只是这么喊了一声。它那张开的大嘴，直到北风太太走了很久之后都没有合上。

3

熊的生活又开始寂寞起来。冰箱里空了，门牙也掉了。

熊坐在扶手椅上，像唱歌似的小声念叨着：

“爸爸被砰地一枪打死了，妈妈也被砰地一枪打死了，弟弟妹妹也都被打死了……”

眼泪噼里啪啦地落下来，熊连忙揉了揉眼睛，然后咕嘟喝了一口茶。

“今天怎么这么冷！”

实在是一个冷得可怕的日子。无论往炉子里添多少柴火，后背那里都觉得发冷。

"寒流来了吧？"

熊咕哝了一声。

正好这时候，门外有人叫了起来：

"家里有人吗？"

"来了。"

熊叫了一声，走了过去。它想，啊，还是有客人来好啊。

可是没想到门打不开了。怎么回事？门又没有上锁，无论怎么推，门都纹丝不动。熊想，一定是谁把一个大东西放到了门外。于是它把双手搭在门板上，摆开架势，然后用尽全身的力气去推。

"嗨！"

门终于打开了一半。

……外面一片雪白，房子有一半都被埋在雪里了。

"哈，吓我一跳，原来是雪啊！"

熊吐着白气说。

雪地中，还站着一个骑着蓝色的马的蓝色的人。

"哇，又来了！"

熊吃了一惊，然后像根木头一样呆立在那里。不过，这回的北风是一个小女孩。少女轻飘飘地骑在像木马一样的马上，宛如一片蓝色的花瓣儿。少女的长发和妈妈一样，在风中飘舞着。

"大熊你好，你身体好些了吗？"

少女打招呼说。

熊眨巴着眼睛，好不容易才像念课文似的回答道：

"托你的福，我好多了。"

雪纷纷扬扬地下个不停。雪中的蓝色少女，看上去就宛如梦幻一般。

熊还是头一次对客人产生了好感。于是，它打开门，说：

"请进来吧。"

北风少女潇洒地从马上跳了下来。蓝色的马靴也相当威风。

熊把少女让进屋里，带到了那把扶手椅的前面。接着，诚心诚意地泡了一杯茶。

"真不巧，家里什么点心也没有。"

熊想，菠萝和野葡萄要是没被人拿走就好了。

"最近，遇到一连串的倒霉事。"熊挠了挠头。

少女听了爽朗地说："想吃点心的话，咱们一起来做烤饼好了。"

"……"

熊的嘴巴动了动，心想，烤饼是什么呢？接着，它小声说了一句："可是什么材料都没有啊，我的冰箱是空的。"

"我都带来了。"

北风少女站起身来，从兜里掏出一条蓝色的手绢，在椅子上摊开来。

"我可以施魔法。现在，你转过脸去。"

熊听话地把脸转到了墙那边。

"你数五十个数，没数到不能回头。"

"嗯。"

熊乖乖地点了点头，扳着两只手的手指头，反复数了起来。

五十是个很麻烦的数字，不过熊还是按照少女说的那样，拼命地去数了。在数到"五十"的时候，熊转身回过头来。

这时，你猜怎么样了？

那条手绢上面，整整齐齐地摆着做烤饼用的材料：一罐蜂蜜、面粉和鸡蛋，还有发酵粉。

"哇——"

熊瞪圆了眼睛，怎么会有这么奇妙的事情？

开始好玩起来了。

熊兴冲冲地准备好了煎锅和盘子。

北风少女灵巧地搅着这些东西，烤了一块圆圆的烤饼。一面烤好之后——啪，她还熟练地翻了一个个儿。

熊看呆了，都忘记了呼吸。

两人份的烤饼，很快就烤好了。当热腾腾的烤饼上面浇满了蜂蜜时，熊开心极了，心里暖洋洋的。这种心情已经好几个月都没有过了。

熊和少女一边吃烤饼，一边想，要是这个愉快的下午茶时间一直持续下去就好了！永远都不结束！

外面的雪还在下个不停。

房子唯一那扇小窗，被雪光映得微微发亮。

北风少女忽然说：

"喂，你知道吗？雪花落下来的时候也会发出声音。"

"……"

熊愣住了，因为它觉得没有比雪花更安静的东西了。

"雪花会扑、扑、扑地唱着歌落下来的。"

"是吗？"

熊竖起耳朵听着。

……

扑，扑，扑，扑。

……

小小的声音，却是一个温柔的声音。大概白色的花飘落时，才会发出这样的声音吧？

熊入迷地听着雪花的歌声。

北风少女又静静地说：

"无论是风还是雨，都有自己的歌声，就连树叶当我经过的时候也会唱起动听的歌——哗啦，哗啦，哗啦。每一朵花也都有自己的歌。"

熊点了点头。

少女说的话，它觉得它都懂。可是熊马上又想，它所以懂，是因为少女就在身边吧？如果少女离它远去，自己就又会什么也听不到，又会变回一个寂寞的自己吧？

突然之间，熊按捺不住悲伤的心情了。

"那个……那个……也许是个不太可能的请求。"

熊刚这么说了一句，就又沉默不语了。因为它觉得这的确是不太可能，这孩子是北风啊，和熊不是一个世界的。

北风少女懂得熊的心情。于是，她小声又难过地说：

"我得走了。爸爸和妈妈之间隔着三座山，妈妈和我之间也隔着三座山，必须保持这个距离，这是北风国度的规定。"

熊伤心地点了点头。

北风少女站了起来。

"大熊，你转过脸去。"

熊乖乖地站起来，把脸转向墙那边。

"你数五十个数，没数到不能回头。"

"嗳……"

熊点了点头，大声数了起来。

"一、二、三……"

虽然在数数，但是熊什么都知道。过了一会儿，少女就蹑手蹑脚地朝门那边走去，轻轻地打开门，又轻轻地关上门。然后，

它听到了外面马的嘶鸣声，风的呼啸声。

不过，它假装不知道，强忍着不哭，一直数着数。它遵守诺言，终于数到了五十。

"已经走了吧？"

熊这么嘀咕着，转过身来。

空空荡荡的屋子里，唯一的那把扶手椅显得出奇的大。它上面搁着刚才的那条蓝手绢。

"哎呀，她忘记东西了。"

突然，熊的心里一亮。

"这可是魔法道具啊！"

刚才那些做烤饼的材料，就是用这条手绢变出来的。

"我行不行呢？"

熊兴冲冲地把手绢摊在椅子上。然后闭上眼睛，慢慢地数到五十，又胆战心惊地睁开了眼睛。

但是手绢上面空空的，什么也没有。

"唉……"

熊失望极了。

"要那个女孩才行。"

不过这时，熊想到了一件美好的事情。

那个女孩也许还会来的。

对——因为她把宝贝手绢忘在这里了，所以她下次路过这里

夏洛书屋·北风遗忘的手绢

时，一定会顺路来取的。

"对，肯定会来的！她会说：'我是不是把手绢忘在这里了？'"

熊一个人愉快地自言自语，然后，把手绢叠得小小的。

"帮她收好吧。放在哪里好呢？"

熊东张西望地朝屋子里看了一圈。想了好半天，终于想到了一个好地方。

放到自己的耳朵里。

"嗯，这里最保险了。"

熊把手绢塞进了自己的一只耳朵里。

这么一来，你猜怎么样了？

它突然听到了不可思议的音乐声。

扑，扑，扑，扑。

啊，这是雪花的声音，比刚才还要优美的雪花的大合唱。

"到底还是一条魔法手绢啊！"

熊眨巴着眼睛叫了一声，然后坐在扶手椅上，出神地闭上了眼睛。

雪还在不停地下着，越积越厚。

不知不觉中，房子已经被温柔的雪埋了起来，连屋顶和烟囱也都被埋了起来。

而在屋子里面，有一头把蓝色手绢像花一样插在耳朵里头的熊，开始幸福地冬眠了。

黄昏海的故事

海边的小村子里，有一个针线活儿非常好的姑娘。

她名字叫小枝，但是谁也不知道姑娘姓什么。哪里出生的、几岁了，更是没有一个人知道了。

许多年前的一个夏天的黄昏，海面上撒满了夕阳的金粉，像金色的鱼鳞一样，密密麻麻地涌了过来。就是在那个时候，这姑娘来到了村里的裁缝奶奶的家里。

"那时的情景，我忘不了啊！没有一丝风，后院的栅栏门却'啪哒、啪哒'地响了起来。我停下针线活儿，咦，好像是谁来了，是隔壁的阿婆送鱼来了吧？我这样想着，就站起来走了过去。可没想到，栅栏门那里站着一个没见过的小姑娘，正瞅着我哪！背后是大海，夕阳映在后背上，看不清脸。穿着黄色的夏天穿的和服，系着黄色的带子。你是谁啊？听我这么一问，姑娘用沙哑的声音回答说'小枝'，然后，就一句话也不说了。唉，到底是什么地方的姑娘呢？我也半天不做声了。于是，姑娘小声地央求我说：'有人在追我哪，把我藏起来吧！'见我呆住了，姑娘又央求我说：'我帮您做针线活儿，让我留一阵子吧！'听了这话，我有点高兴了。不管怎么说，我

从冬天就开始神经痛、手腕痛，贴着膏药干到现在了。'那么你就进来吧。浴衣刚缝了一个开头，你就接着缝缝看吧。'我说完，就让姑娘坐到了屋子里的针线盒的边上。姑娘很有礼貌地进到铺着席子的房间，穿针引线，开始缝起刚缝了一个开头的袖子来了。那手势，非常熟练，一眨眼的工夫一个袖子就缝好了，和前后身正好相配！连我也服了。既然是这样的话，就留她在这里干活儿吧！我当时想。"

喏，就这样，名叫小枝的姑娘，便在裁缝奶奶家里一边帮忙，一边住下了。

小枝很能干。那小小的手指，不管是丝绸的盛装，还是和服的礼服和带子，都缝得非常漂亮，就好像是浆过的一样板板正正的，所以村里的人不断地来求她——不，连邻村和老远的小镇的人都来订货了，仅仅一年的工夫，裁缝奶奶就挣了很多钱。

于是，奶奶为小枝买了一个大衣橱、一张漂亮的梳妆台。"你呀，早晚也是要出嫁的啊！"可小枝听了这话，脸都白了，吓得说不出话来了。

那有着七个抽屉的漂亮的衣橱，小枝连碰都没去碰一下。也没去对着镶嵌着贝壳的美丽的镜子照一下自己的脸。就在这个时候，裁缝奶奶想，这姑娘一定是有一个什么很隐晦的秘密吧？

不过，几天之后的一天深夜，裁缝奶奶听到小枝一边开夜车干活儿，一边唱起了这样的歌：

虽然住在海里的海龟说，

嫁给我吧，

可我害怕，不敢去。

虽然住在海里的海龟温柔地说，

不管你怎么逃，我也要追上你，

可我害怕，不敢去。

　　小枝用细细的笛子一样的声音唱着。裁缝奶奶正在隔壁的房间里干针线活儿，针从她的手里掉了下来。

　　（吓死我了……吓死我了……小枝被海龟给缠住了。）

　　裁缝奶奶太吃惊了，连气都喘不过来了。

　　村里人谁都知道这样一个传说，说是这一带的海底里，住着一头巨大的海龟，要娶人间的姑娘为妻。裁缝奶奶跌跌撞撞地冲进小枝的房间，突然摇晃起小枝的肩头，问：

　　"你、你真的见到过海龟？而且答应要嫁给它了？"

　　小枝微微地点了点头。

　　"什么时候？在什么地方……"

　　"两年前的一个月夜，在远远的海边上。"

　　姑娘清楚地答道。

　　"可怎么会答应了它呢？"

于是，小枝吞吞吐吐地说出了这样一个故事：

"刚巧那时候，我喜欢的人生病了，不管吃什么药、看什么医生、怎么念咒语，也治不好，只剩下等死了。我听说只有一个获救的方法，就是把一片活海龟的龟壳磨成粉，化在水里喝了……说这话的，是村子里最老的一个潜水采鲍鱼、采海藻的渔女老婆子，这个老婆子的话特别灵验。于是，我就每天去海边，等着海龟的到来。就这样，是第几天了呢？一个夏天的黄昏，海上风平浪静，当连一个浪也不再涌起的时候，一头大海龟慢吞吞地爬了上来。我朝海龟的身边跑去，'请把你的龟壳给我一片吧！'听我这样求它，海龟直瞪瞪地瞅着我的脸，然后用低沉的声音说：'那你就拿一片去吧！'我向趴着的海龟背上伸出手去，简直叫人不敢相信了，一片六角形的龟壳轻轻地脱了下来。

"我攥住它，就急着要逃走，可是却被海龟叫住了：'等一下！我给了你一片那么珍贵的龟壳，你也不能不听我说一句话呀！你来当我的媳妇吧！'我一边哆嗦，一边点了点头。那时候，我只是想快点从海龟身边离开。至于答应了海龟，我想日后总是有办法的。等我喜欢的人喝了它，恢复了健康，一起逃得远远的不就行了吗？我那样想。于是，就敷衍着答应了海龟，朝我喜欢的人的家里跑去了。他的名字叫正太郎，是海边的一个渔夫……"

小枝接下来的故事是这样的：

那天，夕阳明晃晃地照在正太郎家那破破烂烂的栅栏门上。

小枝当当地敲了敲门，亲手把龟壳交给了老半天才伸出头来的正太郎的母亲。

然后小枝就跑回到自己的家里，一边干针线活儿、洗衣服、帮父亲补渔网，一边屏住呼吸，悄悄地打探着喜欢的人的身体的变化。因为村子小，一个人的病情一下子就能传遍整个村子。从那时起，正好到了第七天，小枝听到了渔夫正太郎不知喝了什么魔药，突然就精神得叫人认不出来了，今天已经坐起来了的消息。这时，小枝一边干针线活儿，脸蛋上一边染上了一层玫瑰的颜色。第八天，说是正太郎能走路了，第九天，说是能在家里干点手工活儿了，到了第十天，说是已经能出门了。

然而，因为心中充满了喜悦而发抖、盼着和喜欢的人见面的日子的小枝，第十天过晌看到的，却是病愈的正太郎，和村里旅店家的女儿一起走在海边的身影。旅店家的女儿，比小枝大一两岁，是个海边的村子里少见的、白白的漂亮女孩。

"说是很久以前，两个人就定下了终身。"

小枝对裁缝奶奶说了一句。

"正太郎也好，正太郎的妈妈也好，早就把龟壳的事忘得一干二净了。马上就要举行盛大的婚礼了，光顾着高兴了。说是很久以前，旅店家的女儿和正太郎就定下终身了。而我，也答应了海龟……"

小枝恐惧地听到了大海的声音。

打那以后，一到黄昏，大海龟必定会来到小枝家的窗子底下。

"不要忘记你答应我了啊！"

海龟低声嘟哝道。

每当这个时候，小枝就蹲在家里，一动不动地连大气也不敢出。不过很快，她就找到了一个借口。当海龟来的时候，小枝唱起了这样的歌：

嫁妆还不够，

和服和被褥还不够，

锅和碗还不够。

可是从第二天开始，海龟就嘴里叼着金梳子、珍珠、珊瑚首饰，扔到了小枝家的窗子底下。这些东西，对于贫穷的小枝家人来说，都是渴望到手的宝物。不论是哪一个，都美丽得让人吃惊，如果卖了的话，足够做一个姑娘的嫁妆了。

小枝是一个孝顺父母的姑娘。所以，她把从海龟那里得到的东西，全都交给了父母，自己决定逃走。小枝轮换着睡在同一个村子的亲戚家里、熟人家里、好朋友的家里，可毕竟是沿着大海、一座房子挨着一座房子的村子，再怎么逃，海龟也会追上来。

"不要忘记你答应我了啊！"

海龟一边在那些人家的窗子底下这样说着，一边又把串着大颗宝石的项链、像大海的浪花一样蓝的戒指放下走了。

正太郎婚礼的前一天晚上，小枝终于决定偷偷溜出村去。

小枝只穿了一身衣服，谁也没告诉，就出了村子，在黑夜的海边上跑了起来。太阳升起来了、中午过了，她还在不停地跑着。一直跑到黄昏，好不容易摸到了裁缝奶奶的家。她推开贴着一张"裁缝"的招贴的栅栏门，闯进了这个家。

"啊，是这么一回事啊……"

裁缝奶奶听完了小枝的故事，浑身哆嗦起来，不知为什么，她觉得海龟好像就藏在这里似的。不过，当她记起小枝已经来了一年多时，松了一口气。

"不要紧了。你来了一年了，什么事也没有发生，海龟一定已经死心了。"

可是，这一年的秋天。

也是大海闪耀着金光的时刻，裁缝奶奶家屋后的栅栏门，啪哒啪哒地响了起来。是谁来做衣服的吧？裁缝奶奶一边想着，一边摇摇晃晃地站了起来，无意中朝屋外望了一眼，不由得大吃一惊。

大开着的栅栏门那里，海龟——足有半张榻榻米大的大海龟，慢吞吞地匍匐在地上，背上驮着一个大包袱。奶奶吓坏了，差一点没瘫坐到地上。

海龟把背上驮着的包袱，"扑通"一声灵巧地卸到了地上，低声说：

"赶快给我缝和服。给我做婚礼用的长袖和服、长罩袍和带子。做好了，我就来接小枝。"

"那、那怎么行！"

奶奶好不容易才挤出来这么一句，可这时候，海龟的身影已经消失了。奶奶光着脚，奔到栅栏门那里，用颤抖的手，解开了海龟放在那里的包袱。想不到，里面装的是她这辈子也没有见过的漂亮的和服料子和带子料。奶奶把它们轻轻地展开了。

点缀着像花一样的淡桃色樱蛤的和服料子；蓝色的波涛上，飞翔着成群白鸟的和服料子；画着红珊瑚、摇晃的绿色海草的和服料子；还有晃眼的金银带子料……

究竟是谁来穿这么美丽、又是这么珍贵的衣裳呢？奶奶马上就明白了。

（海龟终于来了！把小枝的新娘子嫁妆拿来了！）

奶奶在心里轻声地嘀咕道。可这时，心里已经不知怎么回事激动起来了。奶奶想，这可要小心了！

这么美丽的布，一旦做成了和服，一般的女孩就会想要这和服，说不定就会变得不管对方是海龟还是鱼，都想去当新娘子了。是的，不知为什么，她就是觉得这料子里头确实潜藏着这样的一股魔力。

（有了，把这样的布剪成碎片就行了！）

这个时候，奶奶的脑海里，蓦地浮现出了过去记住的驱魔的

夏洛书屋·北风遗忘的手绢

魔法。

还是个姑娘的时候，学裁缝时听到过这样的说法：

说是一旦人被魔物、鬼、恶灵缠住了，把他们最宝贵的和服料子撕成碎片，尽可能多地做成针插，就行了。一个针插上插上一根新的针，扔到海里就行了。

奶奶用双手抱着和服料子，冲进了小枝的房间，突然叫道：

"小枝，针插的订货来了哟！说是把这和服料子全部都用了，能做多少针插，做多少针插。"

小枝看着放在榻榻米上、沐浴着夕阳的和服料子，叹了口气：

"这么美丽的和服料子，竟要全做成针插……是谁要……"

然而，裁缝奶奶一言不发，猛地剪起和服料子来了。

眼瞅着，每一块和服料子都被剪成了小小的方块，散了一地。奶奶把针穿上线，一边把两片方布拼缝到一起，一边像生气了似的对小枝说：

"你快帮帮我呀！就这样缝到一起，当中装上米糠！"

裁缝奶奶往缝好的方袋子里，装上米糠，缝上了口子。

"好了，快点缝吧！这种活儿，尽可能快一点！"

小枝发了一会儿呆，点点头，自己也开始帮忙干起来了。就这样，一个个新的针插做好了——

有樱蛤图案的针插；

白鸟飞翔图案的针插；

红珊瑚颜色的针插；

像阳光一样金色的针插。

只不过两三天的工夫，就做好了一两百个五颜六色的美丽的针插。

裁缝奶奶在每一个针插上，都插上了一根针，用一个大包袱皮包起来，拿到了海边。

裁缝奶奶把包袱里的那一大堆针插，从高高的悬崖上，用力抛进了大海。

无数的针插就像花的暴风雪一样，在海上散开了，不久，就被白色的浪涛吞没了。

这不过是一瞬间的事情。

不知是不是这魔法起了作用，反正海龟再也没到小枝这里来过。

可是从那以后，小枝就开始听到海龟的叹气声了。半夜里，当海浪"哗哗"地涌上来的时候，夹杂着这样的声音：

　　不要忘记你答应我了啊！

　　不要忘记你答应我了啊！

她真真切切地听到了海龟的叫声。那声音传到耳朵里，小枝睡不着了。

"我背叛了海龟……"

　　这种想法，永远地留在了小枝的心底。

　　从那以后，小枝再不穿美丽的和服了，而且谁也不嫁，成了一个在裁缝奶奶家里，总是低着头，为别人缝盛装、缝新娘子礼服的姑娘。

谁也看不见的阳台

某个小镇上，有个性情温和的木匠。

不管人家求他干什么，他都会一口答应下来。比方说，就像这样：

"木匠师傅，我们家的厨房想做一个搁板。"

"行啊行啊，这很简单。"

"昨天的暴风雨把门给吹坏了，能想个办法吗？"

"这不是让您犯愁了吗？我这就去给您修吧！"

"孩子想养兔子，所以想搭个兔子窝。"

"好好，等我一有空就去给您搭一个好了！"

木匠虽还年轻，却技高过人。如果要是他想干的话，就是一幢大房子，他也能盖得起来。可怎么说呢，因为他是一个老好人，一天到晚净干这种没有报酬的芝麻大的小事了，所以木匠总是穷得叮当响。

有一天晚上。

跑来一只猫，把木匠租住的二楼房间的玻璃窗敲得咚咚响。

"木匠师傅，晚上好！请起来一下。"

猫彬彬有礼地招呼道。窗户外边，圆圆的月亮露了出来，猫冲着月亮伸直了尾巴。

是一只雪白的猫，两只眼珠子是橄榄绿的。被那双眼睛盯住时，木匠浑身打了一个寒战。

"你是哪家的猫啊？"

"什么哪家的？我是野猫呀！"

"野猫……那你身上的毛色怎么这么漂亮呢？"

"是的，我特别梳妆打扮过了，因为我有一个特别的请求。"

"哈，那又是怎么一回事呢？"

木匠把窗户打开了一道缝。寒风"嗖"地一下灌了进来，寒风中，白色的野猫用严厉的声音，一口气说道：

"我想请你帮我做一个阳台。"

木匠愣住了。

"猫要阳台！"他叫道，"那是不是太离谱了啊？"

于是，猫摇了摇头。

"不，不是我要，我是为照顾过我的一位姑娘来求您的。阳台的大小一米见方，颜色是天空的颜色，地点是槲树街七号。后街胡同里的一座小公寓的二楼，那个挂着白色窗帘的房间。"

说完了，猫一闪身，就蹿到了隔壁人家的屋顶上去了，就像溶化在黑暗中似的，不见了。那之后，月光静静地洒了下来，

瓦片屋顶看上去宛如一片大海。

木匠"呼"地吐了一口气。他想，我这不是在做梦吧？连猫都来找自己干活了，这到底是怎么回事呢？莫非说自己的手艺，连动物们都知道了……想着想着，木匠的身体不知不觉地温暖起来，渐渐坠入温馨的梦乡。

可是第二天，当木匠一推开窗户，就听见落在电线上的一排麻雀异口同声地说：

"您要给我们做阳台了，是吧？大小一米见方，颜色是天空的颜色，地点是槲树街七号。"

木匠扛着工具袋，走在路上，这回是正在树下玩的鸽子说：

"您要为我们最喜欢的姑娘做阳台了，是吧？地点是槲树街七号。"

木匠头都有点昏了。

（怎么回事？怎么好像突然就能听懂猫呀、鸟呀的话了似的……）

刚这样想着，木匠已经不由自主地朝槲树街的方向走去。

槲树街是有那么一座公寓。

是一幢高楼后面的房子，二楼最边上的窗户，挂着白色的窗帘。

（啊，果然像猫说的一样。）

木匠佩服地仰头望着那扇窗户。

（不过，随便就做一个阳台，行吗？不会挨公寓房东一顿骂吗？）

他刚这么一想，就听见一个声音说：

"一点也不用担心。"

端坐在公寓屋顶上的，不正是昨天晚上的那只猫吗？猫一副高兴的样子，这样说。

"要把阳台涂成和天空一样的颜色。然后，我再施上那么一点小小的魔法。这么一来，阳台就谁也看不见了。也就是说，就成了一个只有从里面才能看得见的阳台。"

猫用一只爪子抹了一把脸。

"好了好了，请开始干活儿吧。姑娘这会儿不在家，白天去上班了，晚上才回来，我想让她大吃一惊！因为我们一直受到她的照顾。她就是自己不吃饭，也要给我和小鸟们喂食。我受伤的时候，她给我涂药。麻雀的幼雏从窝里掉下去的时候，她捡回来精心养大。所以，为了表达感谢之心，我们才想到什么时候给这个煞风景的窗户做一个漂亮的阳台……"

听到这里，木匠已经来了劲头。

"好，我包下了。我家里有旧木料，就用它们来做一个特别可爱的阳台吧！"

木匠立刻开始干了起来。他运来木料，用刨子仔仔细细地刨好，又量好尺寸，锯好，再爬到屋顶上。"咚咚咚"，上面响起了锤子的声音。

就这样，当木匠在大楼后面那终日不见阳光的公寓窗户外面，做好了一个天空颜色的阳台时，已经是黄昏时分了。这是一个像玩具一般、刚涂好油漆的阳台。

啊，总算做完了。木匠一边想着，一边收拾好东西，开始顺着梯子往下爬。可就在这时，从屋顶上传来了猫的歌声：

　　又可以种菜，又可以养花，
　　还可以够得到星星和云彩，
　　谁也看不见的漂亮的阳台。

木匠匆匆下到地面，仰头往上看去，他是想看看刚刚才做好的那个阳台。可是，啊，果然像猫说的一样，阳台连个影子都没有，能看得见的东西，只有屋顶。

木匠摇了好几次头，又揉了揉眼睛。然后，他想：

（究竟是一个什么样的姑娘，推开那扇窗户呢？）

木匠靠在昏暗的胡同里的石壁上，点了一根烟，等待着姑娘归来。尽管自己也知道靠在墙上吸烟的样子不怎么雅观，但木匠的眼睛，还是一刻都没有离开过公寓的那扇窗户。

天彻底黑了下来，就在周围笼罩在一片晚饭的饭香之中的时候，那扇窗户"啪"地亮起了灯。白色的窗帘摇晃了一下，玻璃窗推开了。接着，一位长头发的姑娘探出脸来。

一瞬间，姑娘像大吃一惊似的朝屋顶看去，随后叫了起来：

"多漂亮的阳台啊！"

然后，高高地伸出双臂，这样说道：

"傍晚的第一颗星星，请到这里来！"

"火烧云，请到这里来！"

然后，姑娘的脸上露出了幸福的表情，好像她那白皙的手中真的紧紧地抓住了星星和云彩似的。

又过去了几个月。

当寒冬结束、阳光变得略微温暖的时候，木匠家里收到了一个大包裹。包裹用天空颜色的纸包着，系着的带子，当然也是天空颜色的。

木匠纳闷地打开包裹一看，里面装满了新鲜的蔬菜。

有莴苣，有间苗间下来的菜，有洋芹菜，有卷心菜，有荷兰芹，有花椰菜……还附上了这样一张卡片：

这是阳台上种的蔬菜

是送给做阳台的人的礼物

　　木匠目瞪口呆了。那个谁也看不见的阳台，竟能长出这么多真的蔬菜呢！木匠立即把蔬菜做成了色拉。从那个魔幻一般的阳台上摘下来的蔬菜，又鲜又嫩，吃上一口，身体仿佛都变得清澈透明了似的。

　　五月了。

　　当风送来花和绿叶的气息的时候，木匠家里又收到了一个中等大小的包裹。

　　木匠打开包裹一看，里面装着一箱鲜红晶莹的草莓。而且，又附了这样一张卡片：

这是阳台上种的草莓
是送给做阳台的人的礼物

　　木匠往草莓上浇了好多炼乳，吃起来。草莓凉凉的，鲜美极了，吃上一口，身体仿佛都变得轻盈飘逸了似的。

　　接着木匠就想：

　　真想去一个遥远的地方啊！

少年时代那个在沙漠的正当中，建一座够得着星星的塔的梦想，这会儿，又在木匠的心里复苏起来。

自己一个人住在这只能看得见屋顶的后街小巷的二楼里，大约有多少年了呢？在狭窄的工地，盖了一座又一座房檐贴房檐的房子，大约有多少年了呢……啊，真想飞到一个锤子的声音能"当"的一声在天地之间回荡的地方去啊……

吃着草莓，木匠的心里充满了对远方世界的憧憬。

六月到了。

下个没完没了的雨停了，一个阳光突然变得又热又晃眼的日子，木匠家里又收到了一个包裹。

这回是一个细细长长的木头箱子，里面横放着一束束红玫瑰。

> 这是阳台上开的玫瑰
> 是送给做阳台的人的礼物

木匠把玫瑰插到了自己的房间里。然后，这天晚上就在花香中睡着了。

"砰砰——"

谁在敲窗，轻轻的声音。

木匠醒了。房间飘满了扑鼻的玫瑰花香。上回的那只白猫不知什么时候坐到了窗户外边，正朝屋里面张望呢。

猫静静地说：

"木匠师傅，我来接您了。您不想坐着天空颜色的阳台，去一个遥远的地方吗？"

"遥远的地方……"

木匠猛地朝外一看，哎呀，像船一样飘浮在天空中的，不正是上回做的那个天空颜色的阳台吗？而且，它距离木匠家二楼的窗户那么近，好像一伸手就能够得着似的。

天空颜色的阳台上放着好几个大花盆，开满了红玫瑰。那缠绕在阳台扶手上的玫瑰枝蔓上，结了一个个小小的花骨朵儿。

长发姑娘正站在烂漫的花丛中冲木匠挥手呢。姑娘的肩膀上，落着许多鸽子。一大群麻雀，正在啄着玫瑰的叶子。

木匠的心，一下子明亮起来。他胸中涌起了一种无法形容的喜悦。

"好，走吧！"

木匠把猫抱了起来，就那么穿着睡衣，从窗户冲到了外边，顺着屋顶走过去，纵身跳上了阳台。

于是，阳台像飞行船似的启动了起来，随后向星星、月亮和在夜空中缭绕的紫色云彩缓缓地飞去。最后，不知不觉地，就真的变得谁也看不见了。

小小的金针

老奶奶的针线盒，是一个又旧又大的篮子。

很久很久以前，老奶奶嫁过来的时候，就带来了那个篮子。然后，老奶奶就是用这个针线盒，缝孩子们的衣裳、缝被褥、替袜子补上补丁、做窗帘什么的。现在那个篮子已经发黑了，好多地方都破了一个个洞，可老奶奶还是宝贝得不得了。

篮子里有一个小小的红色的针插、一把拴着铃铛的剪刀和红、白、黑三个线团，还有一个装着纽扣的小盒子。针插上，老奶奶出嫁时带过来的三根大针、三根小针，整整齐齐地排列成两排。

一干完了活儿，老奶奶一定要数一数针的数目。

小小的针，一二三。

大大的针，一二三。

老奶奶一边眯缝着细细的眼睛，一边这样唱道。

每一根针，都是银色的。

可是有一天，老奶奶发现自己的针插上，插着一根从来也没有见到过的小小的金色的针。

"啊呀！"

老奶奶把眼睛凑到了针插前头。这是太阳的光线吧？她想。她连针插一把抓了起来，可果然是一根针。

"是谁呢……"

老奶奶沉思起来。

"是谁在我的针插上插上了这样的针呢？"

老奶奶轻轻地取下了金针。

"针从来没有多过啊。"

老奶奶摇摇头，把金针插了回去。

从那以后，老奶奶一干完针线活儿，就必定要唱起这样的歌来了：

HARU NO MADO AWA NAOKO FANTAJISUTA

> 小小的针，一二三。
> 大大的针，一二三。
> 再加上一根金针。

一天晚上。

老奶奶钻进被窝，才记起来答应过小孙女，要缝一套玩偶的衣服。

"对了对了，说好明天要缝好的。"

反正也睡不着了，老奶奶猛地一下爬了起来。

"得，连夜缝吧！"

然后，老奶奶就要去开灯，可手突然停住了。漆黑的房间的一角，有一片奇异的亮光，蓝蓝的，就仿佛一颗非常非常小的小星星掉了下来似的。

那是放针线盒的地方。

是的，蓝光就是从那个篮子的裂缝里透出来的。

"针线盒里点着灯哪。"

老奶奶一下子高兴起来，她有一种感觉，好像千载难逢的事情就要发生了似的。老奶奶的心怦怦地跳着，朝针线盒那边走去。然后，轻轻地打开了盖子。

怎么会呢？

针插和纽扣盒之间的一块小小的"广场"上，像花一样，点着一盏蓝色的煤油灯。在那盏煤油灯的光亮下，一只非常小的白鼠，正在干着针线活儿。白鼠还系着一条带补丁的围裙。

"啊，吓我一跳！"

老奶奶那细细的眼睛都瞪圆了。

白鼠端正地坐在篮子里，正在往那根金针里纫线。

"是你啊！是你把金针忘在我的针插上了？"

老奶奶叫出了声。这一声叫得太响了，白鼠吓得不知所措了，长长的尾巴抖个不停。然后往上一跳，说了起来：

"是的，因为我们家里没有针插，所以、所以每天晚上，我才在这里干针线活的。不、不过，我可一点都没给您添麻烦。线也罢、针也罢、煤油灯也罢，全都是我自己带来的。而且、而且……"

"没有关系呀！针插你用就是了。"

听了这话，白鼠高兴地行了个礼，一次不够，连行了好几个礼。

"白鼠太太，你在缝什么哪？"

听老奶奶这样问道，白鼠回答说：

"是鞋啊。"

"什么，缝鞋子！"

这让老奶奶吃惊不小。就连擅长针线活儿的老奶奶，也从没缝过鞋子。

老奶奶把眼睛贴了上去，看起白鼠干活儿的样子来。

白鼠把剪成小鞋子样子的褐色的皮，灵巧地缝到了一起。

"这是栗子皮。把栗子皮用水煮了，在水里泡上三天三夜，再在月光下晾干。"

白鼠说。

"啊，这可够费劲儿的。"

"可不是嘛！不过，用栗子皮缝的鞋子，穿上又轻又舒服。这样的鞋子，我一共要缝上十二双呢！"

"那是为什么呢……"

"因为我们家里有十二口。"

"是这样啊。可是，白鼠也穿鞋子吗？"

白鼠太太突然压低了声音：

"是这么回事，我们要搬家了。"

"搬家……"

"是的。以前，我们一直住在这座房子的阁楼上。不过，这回我们在遥远的森林里找到了新的家。所以，我们决定去远行。"

"啊，这可……"

老奶奶张大了嘴巴。

以前，老奶奶一点也不知道啊。自己房子里的阁楼上，竟然住着白鼠一家！而且，这群白鼠还像人一样穿鞋子！

白鼠太太继续说：

"搬家的事，全都准备好了，只剩下鞋子了。怎么说呢，要走好远的路啊！要翻过七座山、渡过七条河、越过七片原野，才能到达那片森林。太远了，要穿上栗子皮的鞋子走很远，要走到鞋子坏了才能到。"

"可白鼠太太，不特意搬到那么远的地方去不行吗？"

老奶奶嘴里嘟嘟囔囔地说。于是，白鼠的小眼睛开始放光了：

"不——我们的好多伙伴都住在那里。它们常常来信，说什么今年越橘的果实采了一个够啦、什么清水涌出来啦、吹来舒服的风啦、小小的白蔷薇全都开啦。"

说归说，可白鼠太太的手就没有停止过。金针简直就像有了生命一样，在栗子皮上飞针走线。

老奶奶佩服了。

"你真有两下子啊！"

她叫道。

白鼠太太用牙齿咯噔一下咬断了白线，然后晃了晃头，谦逊地说：

"哪里哪里，哪有什么两下子，还只是在学着做哪！"

这天晚上的活儿干完了以后，白鼠太太带着缝好了的鞋子和煤油灯，回家去了。只留下金针还插在老奶奶的针插上。

"明天晚上我还要来，请代我保管一下。针不插在针插上，立刻就会生锈。"

"行啊，行啊。"

老奶奶连连点头，把金针宝贝似的收了起来。

一天晚上缝一双小小的褐色的鞋子。

缝好一双，白鼠太太就会这样唱起歌来：

嘀呀一双缝好啦，

月亮圆圆，

银色的路，

野蔷薇全都开了，

去大森林吧。

因为白鼠每天晚上都唱这首歌，老奶奶就记住了，不久，就和白鼠一起唱了。

于是……老奶奶的眼睛就变得能看得见那片大森林了。

风摇动着绿色的树。从没看见过的白色的小花，开得那个烂漫啊。一闭上眼睛，就能闻到那花的香味。

"多好啊……"

老奶奶也想住在那样的地方，盖一座小房子，用果酱煮煮果实啦，用糖腌腌栗子、核桃啦，在白花下面睡个午觉啦。

很快，十二双鞋子就全都缝好了。最后一天的晚上，白鼠太太这样说道：

"老奶奶，作为谢礼，这根针就放在这里。"

"呀，真的吗？"

老奶奶扶了扶眼镜。

"这、这是真的吗？这么漂亮的针就成了我的东西了吗？"

老奶奶甭提有多么高兴了。她捏住金针拿了起来，举到月光下看着，然后歪过头说：

"明天用这针缝点什么吧！"

老奶奶的眼睛闪闪发亮。

第二天，老奶奶想：就缝窗帘吧！好长时间，老奶奶的窗户上都没有窗帘了。

老奶奶打开衣橱的抽屉，取出一块珍藏的白布来。这块布，一共有十米长吧？这还是很久很久以前，老奶奶还很年轻的时候买的。她用一把大剪刀，剪下窗帘大小的一块来，做上了记号，好啦，该把线穿过那根金针了！

老奶奶没戴眼镜，可针眼儿却看得一清二楚。细细的线，一次就从金针那小小的针眼儿里穿了过去。

"怎么会有这样的事呢！"

然后，当老奶奶开始缝的时候，针就像滑行似的，在布上前进起来了。它快得就仿佛老奶奶的手指在针后面没命地追赶一样。

"这比缝纫机还快。"

老奶奶叫道。

就这样，一转眼的工夫，一块窗帘就缝好了。老奶奶心情好极了，大声地唱起了歌：

> 嗬呀一块缝好啦，
>
> 月亮圆圆，
>
> 银色的路，

野蔷薇全都开了，

去大森林吧。

老奶奶来劲了，她决定在自己的房间里再多挂上几块帘子。

"北边的窗户也挂上吧！房间的门口也挂上一块吧！那边的壁橱也挂上一块小的吧！然后……"

实际上，老奶奶缝帘子比挂帘子更快乐，没有什么比金针在白布上像阳光一样飞快地前进更快乐的了。

老奶奶一天缝一块帘子。这样不知不觉中，老奶奶的房间都被白帘子围起来了。

一天晚上。

这天夜里老奶奶有一种很舒服的倦意。熄了灯，钻进被窝，迷迷糊糊地快要睡着了的时候，觉得不知道从什么地方刮来一阵清爽的风，四周的帘子一下飘了起来。然后，月光射到了正睡着的老奶奶的眼睛上，像撒下来一把银粉似的，老奶奶眼睛都睁不开了。

（怪了，明明关了木板套窗睡觉的啊！）

老奶奶想。

可是，接着就飘来了一股花香。

（这是蔷薇的芳香吧？）

这么一想，又飘来了冷杉树的气味。接下来，是树叶在风中簌簌作响的声音、小溪流淌的声音、小动物们活动的动静……

老奶奶吃惊地爬了起来。于是，听到了这样的歌声：

　　　　一开灯，就变成普通的帘子。
　　　　一熄灯，就到了森林中。

老奶奶朝四周打量了一圈。

"哎呀哎呀！"

老奶奶大声叫了起来。

老奶奶一个人躺在月夜的森林里。

老奶奶身边是参天大树。

（帘子哪去了？衣橱呢？壁橱呢？）

可哪里有那种东西啊！老奶奶目不转睛地窥视着周围。

这时，从寂静的树木之间，一团团白色的东西一闪一闪地动了起来，不一会儿，一大群白鼠就出现在了老奶奶的眼前。其中的一只跑到老奶奶跟前，这样说：

"老奶奶，前些天多谢您照顾。"

老奶奶眨巴起眼睛来了。

"唷，白鼠太太！"

她叫起来。白鼠太太把胖乎乎的先生和十只小白鼠介绍给老

奶奶。

紧接着，一个接一个，老鼠的表兄弟、表姐妹、堂兄弟、堂姐妹，还有它们的亲戚，都被介绍了，每次介绍时，老奶奶都点点头——到最后，老奶奶的头都昏了。

白鼠先生竖起白胡须，然后，得意地把手上拿着的一大把牌给老奶奶看：

"打扑克吗？"

老奶奶这才发现，白鼠已经在身边坐了一个大圈。

"可我根本就不会打扑克啊……"

老奶奶刚一开口，白鼠先生就说：

"什么呀，简单！传牌就行了。从边上接过来，再传给下一个就行了。"

一边说，一边给众鼠发起牌来了。没办法，老奶奶也进到了圈里。

白鼠接过牌，偷偷地看着，一脸认真地沉思着，还有的"啊——"地呻吟一声。老奶奶凝视着发给自己的牌，可那不过是一张白纸。

"这是怎么一回事呢？"

老奶奶让边上的白鼠看自己的牌，可那只白鼠像是生气了：

"唉，不能让别人看！"

就这样，老奶奶玩起了根本就不知道是怎么一回事的游戏。

她学着白鼠的样子，从边上接过牌，再传给下一个。传了一阵子，白鼠们突然叽叽喳喳地嚷嚷起来，什么谁赢了，谁输了，七嘴八舌地说了起来。但是，老奶奶还是不明白。

玩完了扑克，是茶会。先喝了越橘果酱热红茶，还吃了核桃饼干。不论是茶还是饼干，味道都非常好。老奶奶想，还是生活在森林里好啊。

不久，四下里就渐渐地明亮起来。天空稍稍染上了一层蔷薇色，听到了小鸟的叫声，在刺眼的早晨的光芒中，白鼠们的身影看上去有点模糊了。

这时，又听到了那歌声：

> 太阳一升起来就变成普通的帘子，
> 太阳一落山就到了森林中。

清醒过来的时候，老奶奶正坐在自己房间里的被子上。

朝阳从拉上的白窗帘缝隙里透了进来。

老奶奶晃晃悠悠地站了起来，拉开了窗帘，这时从老奶奶的袖口里，突然掉出来一片小小的方纸片——

竟是昨天晚上的扑克牌。

"哎呀，把白鼠的扑克牌给带回来了。"

老奶奶把扑克牌翻过来一看，上面写着这样的金色的小字：

还是

请

把金针还回来吧

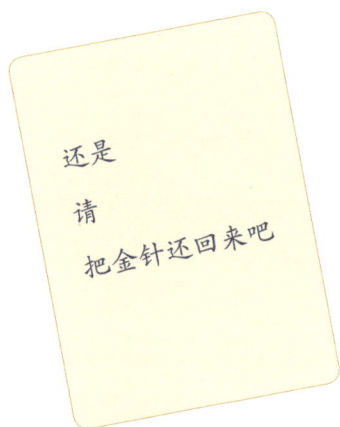

老奶奶吃了一惊，跑过去，打开了针线盒的盖子。

插在针插上的，是三根小银针、三根大银针。只有这么几根。

像阳光一样美丽的金针，已经不见了。

来自大海的电话

有一个人带着吉他去海边，回来时忘记带回来了。不，那个人说，不是忘记了，是放在那里了。是打算什么时候请它再还回来，所以寄放在海边了。

这个人叫松原，是音乐学校的学生。

松原的吉他是才买来的，闪闪发亮的板栗色，一拨动琴弦，"扑咚"，就会发出像早上的露水滴落时那么好听的声音。

松原把那把吉他搁在海边的沙滩上，稍稍睡了一个午觉。也不过就是五到十分钟，不过就迷迷糊糊打了个盹。后来当他猛地醒过来的时候，吉他就已经坏了。吉他的六根弦，全都断了。

松原说，没有比那个时候更吃惊的事了。

"不是吗？身边连一个人也没有啊！"

是的。那是初夏的、还没有一个人的海边。碧蓝的大海和没有脚印的沙滩，连绵不断，要说在动的东西，也就只有天上飞着的鸟了。尽管如此，松原还是试着大声地吼了一声：

"是谁！这是谁干的？"

想不到近在咫尺的地方，有一个非常小的声音说：

"对不起。"

松原东张西望朝四周看了一圈，谁也没有。

"是谁！你躲哪里哪——"

这回，另外一个小小的声音说：

"抱歉。"

接着，许许多多的声音一个接一个地传了过来：

"只是稍稍碰了一下。"

"我们也想演奏演奏音乐啊！"

"没想把它弄坏。"

"是的呀，只是想弹一下哆唻咪发嗦。"

松原发火了，发出了雷鸣般的吼声：

"你们到底是谁呀？"

然而，大海这种地方，无论你再怎么大声吼叫，大海也连一点回声也没有；无论你再怎么发怒，西红柿颜色的太阳也只是笑一笑，波浪只是温柔地一起一伏、哗哗地唱着歌而已。

松原摘下眼镜，"哈哈"地哈了口气，用手帕擦了起来。然后，把擦好了的眼镜又重新戴上，在沙滩上细细地寻找开了。

啊……他终于发现了。

坏了的吉他后边，有好多非常小的红螃蟹。小螃蟹们排成一排，看上去就像是在行礼似的。

"实在是对不起。"

螃蟹们异口同声地道歉说。然后，一个接一个这样说道：

"怪就怪我们的手上全长着剪刀！"

"真的没想把它弄坏，只是稍稍碰了一下……"

"就是……只是稍稍碰了一下，啪、啪，弦就断了。"

"就是……就是这样。"

"真是抱歉。"

螃蟹们又道了一次歉。

"真拿你们没办法！"

松原还在生气。

"说声对不起就行了吗？这把吉他才买来没几天，连我自己，都还没怎么弹呢！可、可……"

啊啊，一想到它坏成了这个样子，松原就悲伤起来。

这时，一只螃蟹从吉他的对面朝松原这里爬了过来，说道：

"一定把它修好！"

"哎！"

松原惊讶地缩了一下肩膀。

"修好？别说大话哟，怎样才能把断了的弦接上呢？"

"让我们来想办法吧！大家一起绞尽脑汁来想吧！"

"再怎么想，螃蟹的脑汁也……"

松原轻侮地笑了起来。不过，螃蟹们却是认真的。

“不不，不要瞧不起螃蟹的脑汁。从前，就曾有过螃蟹把快要撕碎了的帆船的帆缝起来、让人惊喜的事。”

“可帆船的帆和吉他的弦，不是一码事啊。这是乐器呀，就是修好了，也不可能再发出原来的声音了。”

“是的。关于这一点，请放心吧！我们一个个乐感都非常出众，我们一直修到您说好了为止！”

“这么说也是白费，我该回家了。”

松原看了一眼手表，手表正好指向了三点，于是螃蟹说：

“对不起，这把吉他可以暂时留在这里吗？”

见松原不说话，螃蟹就滔滔不绝地说道：

“如果修好了，我们会打电话给您，让您在电话里听一下吉他的音调。如果可以了，您再来取回去。如果声音还不好，我们就再修下去。”

松原目瞪口呆了。

“螃蟹怎么打电话呢？那么小的个头，怎么拨得了电话号码呢？”

只听吉他那边的螃蟹们异口同声地说：

“螃蟹有螃蟹的电话啊！”

螃蟹一脸严肃，好像多少有点愤慨了的样子。松原本打算再说两句风凉话的，但他打住了，小声说道：

“那么，就留在你们这里试试看吧！”

听了这话，螃蟹们立刻就又高兴起来了。然后，这样说道：

"对不起，到三点喝茶的时间了。有特制的点心，请尝一口吧！"

走还是不走呢？松原正想着，螃蟹们已经兴冲冲地准备起茶点来了。

一开始，十来只螃蟹先挖起沙子来了。它们从沙子里，挖出来一套像过家家玩具一样小的茶具。茶碗还都带着茶托，茶壶也好、牛奶罐也好、糖罐也好，全都是清一色的沙子的颜色。而且，还有贝壳的碟子。它们一把这些茶具整整齐齐地摆到干干的沙子上，就有两三只螃蟹不知从什么地方打来了水。好了，这下螃蟹们可就忙开了。

一组螃蟹刚往石头做的小炉灶里加上劈柴，烧起水，另外一组螃蟹就往沙子里加上水，揉了起来，用擀面杖擀了起来。那就和人用面粉做点心一模一样。不，比女人做得要快多了、要漂亮多了。一眨眼的工夫，点心就烤好了，放到了贝壳的碟子里。松原瞪圆了眼睛就那么看着。那些小小的点心，有的是星星的形状，有的是船的形状，还有的是鱼的形状、锚的形状。可是，它们真的能吃吗？正想着，两组螃蟹已经兴冲冲地把茶点搬了过来。

"啊请请，千万不要客气！"

一点都没客气啊……松原一边这么想着，一边小心翼翼地夹起了一个星星形状的点心。

夏洛书屋·北风遗忘的手绢

"请，请一下扔到嘴里，嘎巴地咬一口！"

侍者螃蟹说。

松原把点心轻轻地放到了嘴里。

嘴里充满了一股大海的味道。甜得不可思议、爽得不可思议。
用牙一咬有一种脆脆的感觉——

"啊，做得真不错，非常好吃啊。"

松原这样嘀咕着，咕嘟一口把茶喝了下去。

螃蟹们异口同声地说：

"对不起，慢待您了。"

于是，松原也匆匆低下头：

"谢谢，承蒙款待。"

喏，就是这样，结果松原把吉他搁在了海边。

接着，回到家里，每天等起电话来了。

大约过了一个多星期，一个用白纸包着的小包寄到了松原家
里。小包反面，写着几个怪里怪气的字："螃蟹寄"。松原吃了一惊，
打开一看，从里头滚出来一个手掌大小的白色海螺。

"为什么送我这样一件东西呢？"

想了一会儿，突然，螃蟹曾经说过的话在松原的脑海里响了
起来：

——螃蟹有螃蟹的电话啊！

啊，是这样啊，这么想的时候，海螺中似乎已经传来了一个声音。轻轻的、嘣嘣地响着的那个声音……啊啊，那是吉他的声音。

松原不由得把海螺贴到了耳朵上。和吉他声一起传过来的，不正是海浪的声音吗？

啊，的确是来自大海的电话。可那把吉他修好了没有呢？有声音了，这至少说明琴弦已经接上了。松原想。不过，松原毕竟是音乐学校的学生，什么也瞒不过他的耳朵。松原把海螺贴到了嘴上：

"还不是原来的声音哟！嘣嘣地太吵了，最粗的那一根弦还是不对劲儿！"

他说完，海螺里的音乐一下就停了下来。

"那么下个星期吧！"

先是听到了螃蟹的声音，后来就没声了。

松原觉得一个星期实在是太长了。

一想到海螺电话，不管是上学也好、去打工也好、走在街上也好，都开心得不得了。松原突然觉得，也许比起自己弹吉他来，在海螺电话里听螃蟹弹吉他要有意思多了。

就这样，恰好过去了一个星期的那天深夜，从搁在松原枕头边上的海螺里，突然响起了吉他的声音。松原连忙把海螺贴到了耳朵上。

这回，比上回好多了的吉他的声音里怎么还有螃蟹的歌声？

> 大海是蓝色的，
>
> 浪花是白色的，
>
> 沙子是沙子颜色的，
>
> 螃蟹是红色的，
>
> 螃蟹的吉他是栗色的。

"嘿，螃蟹唱得还真不赖呢！"

松原自言自语地说。于是，螃蟹们的合唱戛然而止，传来了那个螃蟹头儿的声音：

"喂喂，'螃蟹唱得还真不赖'这句话，听起来可不舒服啊。"

"那么该怎么夸你们呢？"

"像什么比谁唱得都好啦、世界第一啦。"

"别太自以为是了。如果想成为世界第一，还要练习才行，吉他还差得远呢！"

"是吗……"

螃蟹嘟嘟囔囔地说：

"我们已经尽全力在保养吉他了！用细细的沙子擦拴弦的眼儿，借着月光精心地打磨。"

"……"

这时，松原突然想起了什么，他想起了螃蟹的剪刀。于是他大声地说：

"喂，这可是怪事儿了。你们那长着剪刀的手一摸琴弦，琴弦不是又断了吗？"

只听螃蟹清楚地回答道：

"不，我们全都戴着手套哪！"

"手套！"

松原吃了一惊。螃蟹比想像的要聪明得多呢！

螃蟹得意地继续说：

"是的。现在，我们就全都戴着绿色的手套在弹吉他，是用裙带菜特制的手套。戴在手上正合适，戴着它弹乐器，真是再好不过了！我们后悔得不得了，怎么一开始没戴手套呢？要是戴了，那天也就不会把您的吉他给弄坏了！"

"是吗……"

松原算是服了，于是，情不自禁地说出这样一句话来：

"既然这样，就暂时先把吉他寄存在你们那里吧！我眼下特别忙，去不了海边。"

"真、真的吗？"

螃蟹们一齐嚷了起来，仿佛已经高兴得按捺不住了。

"嗯，是真的。你们再研究一下吉他的高音吧！合唱时要注

意和声，对了，常常给我打电话。"

说完，松原放下了白色的海螺。然后，用手帕把海螺一卷，小心地藏到了抽屉里。

松原想，我要把这个海螺当成自己的宝贝。

"瞧呀，就是它呀，就是这个海螺呀！"

松原常常让人看这个海螺，但是，别人只能看见海螺里面透着一点淡淡的粉红色，听不到螃蟹合唱的声音、吉他的声音和海浪的声音。不管怎样把海螺贴到耳朵上，别的人就是什么也听不到。

也许，这是一只唯有吃过那些沙子点心的人才能听到声音的海螺。

有天窗的小屋

好些年前去山里的时候，在一座有趣的小屋里住过几天。

那是朋友的别墅，是一座有点像山间小屋风格的建筑，不过，小屋里有一个天窗。

天窗真好。一到夜里，从天花板上那个被切成正方形的窟窿里，看得见星星，看得见月亮，看得见浮动的云。因为那房子的天窗镶着一块透明的玻璃，所以白天虽然有点晃眼，但晚上，却能遮蔽雨露，暖烘烘的，有一种在野外宿营的感觉。

一开春，我一个人在那座小屋里住了三四天。当我被各种各样的悲伤压着、精神几近崩溃、不想再活下去的时候，一个好心的朋友劝我来这里。

"在我的山间小屋里静养一段时间吧！这会儿，一个人也没有，安静不说，院子里的辛夷花开了，漂亮极了。"

当我看到那棵覆盖了小屋的半个屋顶、枝繁叶茂、开满了白花的辛夷树的时候，我长舒了一口气，感到终于来到了一个能慰藉心灵的地方。

小屋里有一个小厨房，我在那里做自己吃的东西。或从河边采来水芹，做成酱汤，或把八角金盘的嫩芽裹上面粉油炸，或凉拌不知道名字的绿叶子。白天听小鸟叫，夜里眺望着天窗外面的天空进入梦乡。

就这样，到了第三天的晚上——

那天夜里，恰好圆月当空。从天窗里射进来的月光，分外明亮，我觉得自己就好像坐在海底里似的。

辛夷树的影子，清晰地落到了铺在天窗正下方的被子上。

我还是头一回看到树的影子这样鲜明，简直就如同工笔画一样地映了出来。当有风吹过的时候，花朵稍微一动，被子上的影子就会摇晃起来。就连最远处的树梢儿上的花骨朵儿的影子，也会静静地摇晃起来。突然，影子中仿佛飘出了花朵们的笑声。

"太美了……"

我两手撑在被子上，细细地瞅着影子。我情不自禁地伸出手，去摸影子花。

于是，发生了什么事呢？我仅仅是摸了一下那饱鼓鼓的花的影子，它就带上了一点银色。我吃了一惊，又去摸别的花的影子。结果，那些个影子"嚓"地都放出了银色的光，就好像是花丛中星星一颗接一颗地亮了起来。

我走火入魔般摸起新的影子来了。落在被子上的影子，总共有三十个吧！我从一头摸起，当所有的影子都染成了银色的时候，我的心中充满了难以形容的感动。我如痴如醉地眺望了这些美丽无比的东西片刻，冷不防伸出手，试着去摘那朵最小的银色的花。

于是，花的影子被我抓住了。

夹在我手指之间的影子，还是花的形状。而且，依然是那种魅幻般的银色。

"哇，妈呀，不得了！我抓住花的影子啦！"

我情不自禁地这样喊了起来。

为什么这个时候，我又犯了儿时的毛病呢？我是最小的一个孩子。以前，不管是高兴也好，惊奇也好，必定要"哇，妈呀"地大喊大叫……当我想起来妈妈三个月前去世了的时候，头突然一阵昏沉，我闭上了眼睛。一阵奇异的悲伤涌了上来，我快要流泪了。啊，月亮在天窗上看着我，看着要哭出来的我在笑……这么一想，我睁开了眼睛，被子上的花的影子，又回到了毫无变化的灰色。我沐浴在天窗下面的灰色的影子里，像落网的小鱼一样，坐在那里。

我顿时就喘不过气来了，一骨碌躺倒了。于是，接二连三地回忆起了以往的悲伤与烦恼。我一边眺望着天窗远处的大月亮，一边想，要是时间就这么停止了就好了。想着想着，就不知不觉地睡着了。

不过第二天早上一醒过来，我吃了一惊。

因为我手上紧紧地握着昨天晚上的影子。

那是一个呈花的形状的、银色的东西。虽说是银色，但是一种旧银子的暗淡的光，特别薄，对了，薄得就像锡纸一样。

"太让人吃惊了……"

我深深地惊叹一声。被从天窗射进来的朝阳一照，房间里的树影虽然还在晃动，但那不过是普通的影子，无论怎么揉搓，怎么去抓，都没有用了，只有昨天晚上沐浴月光投下的这个影子……

我把手掌上的花影细细地端详了一番之后，悄悄地装到了衬衫的口袋里。

自从把一片花的影子占为了己有，我的耳朵就变得能听到一种不可思议的声音了。只要我待在那个屋子里，不论是做饭也好，读书也好，躺着也好，上方总会有一个细细的声音在呼叫：

> 还给我，
>
> 还给我，
>
> 把影子还给我。

这时，我吃惊地仰起头，是白色的辛夷花在天窗上晃动。

（树在看着我啊。）

这种感觉令我很吃惊。自从来到这里以后（又岂止是来到这里以后呢，有生以来还一次也没有过），我对于"树"并没有什

么特别的意识。至于树会呼唤人、会盯着人看，连想也没有想过。然而这一刻，对于我来说，辛夷树却变成了有生命的对象。

我坐在天窗的正下方，仰着头，试着"喂"地招呼了一声。结果，你猜怎么样？

"干吗？"

辛夷树竟然说话了。

"喂，喂，为什么影子能被我抓住呢？"

树回答：

"因为是月亮在恶作剧哟！"

见我愣在那里，辛夷树又用甜美的声音继续说：

"月亮特别喜欢这个天窗呀！因为昨天晚上圆月当空，所以就干了那种事情，对我的影子施了魔法，可谁会想到会有人把它给摘下来呢！"

"对不起，因为那时花的影子实在是太好看了，所以我就忍不住……"

我低下了头。于是，树发出了一种尖细的声音：

"可我好为难啊。影子被拿走了，那个地方好痛啊！"

"哎？是真的吗？"

"是的呀。也许你会觉得那不过是一朵花的影子罢了，但养分会从那个地方跑掉的，有时整株树就完蛋了。"

我想，这下可闯祸了。辛夷树一边在风中摇动，一边说：

"今天晚上，请还回来吧！"

见我不吱声，它又叮嘱了我一遍：

"今天晚上月亮出来、我的影子一投到地上，就请务必把它还回到原来的地方呀！"

我点了好几次头。

有时会有这样的事情，一开始还没觉得怎么样的东西，可真让你撒手了，却又突然舍不得了。自从树说把花的影子还回去之后，我就怎么也不想撒手了。

那花的影子越看越漂亮。什么地方的珠宝店，才会有这么美丽的银色的东西呢？把它轻轻地贴到胸前，树的生命就像朝自己这边流了过来似的。贴到耳朵上，就像能听到树的温柔的声音似的。

当把花的影子紧紧地攥在手心里的时候，我下定了决心。

要尽快离开这座小屋！既然已经决定把它带走，就绝对不能再沐浴着那魅幻般的树影，再在天窗下面睡一个晚上了。那么，就趁早下山吧……

我急忙收拾起行李，快快穿起衣服。啊，树在上头盯着我哪——这么一想，我手脚就吓得冰凉了。我顾不上了，把衣服和书往箱子里一塞，也没有好好收拾一下，就冲到了外面。

就在我"砰"的一声关上了门，站在门前抬起头时，迎面撞上了辛夷树。我连忙低下头，屏住气，看也不看它一眼，就从它前面跑了过去。

然而，还没跑出十步，那细细的声音就从身后追了上来。

　　　　还给我，
　　　　还给我，
　　　　把影子还给我。

我像是要甩掉那个声音似的，一边用力摇头，一边跑。帽子吹飞了，珍珠花踩烂了，好几次险些摔倒，可我还是在飞跑。

　　　　还给我，
　　　　还给我，
　　　　把影子还回来。

那个声音，直到我下了山、来到公共汽车站，还紧追不舍。

幸运的是，一个小时只有一趟的公共汽车，恰好在这个时候来了。我不顾一切地踏上了公共汽车的踏脚板，一屁股坐到了最前头的座位上。公共汽车马上就发车了，飞速奔驰起来。靠在座位上，我按住悸动的胸口，兴奋一点点地消退了。于是，我就觉得小屋所发生的一切，都仿佛是幻觉一般了。树开口说话，怎么

可能有那样的蠢事呢？拾到影子，怎么可能有那样的怪事呢……然而，那个闪耀着暗淡银光的花状的东西，却就装在我的衬衫口袋里，我不知道这应该如何解释。

回到家里，我用一根细细的链子把花的影子穿上，当作护身符，挂到了脖子上。我怕一不留心把它放到了抽屉里，就那么消失了。

这样过去了几天，我慢慢地恢复了健康，心情也好多了。周围的人看到我这个样子，都说亏得去了山里。

不过，无论如何，我也不认为我身体中洋溢出来的不可思议的朝气，是因为去了三四天山里的缘故。

以前我早上一起来，就头昏脑涨的，可自从脖子上挂上了花的影子之后，一看见从木板套窗的缝隙里透进来的阳光，就会兴奋起来。遇到人，也会笑着打一声招呼了。工作也顺利起来，灵感一个接着一个。吃饭也香，晚上也睡得好了。是的，所有的一切都好得不可思议了。

不久，我就结婚了。还有了孩子，虽然不太大，但有了自己的家。

有一天，我碰到了好久不见的那个山间小屋的主人。

聊了一阵近况之后，我轻声说：

"好想念那座有天窗的小屋！"

想不到，朋友却说出了这样一句让人意外的话来：

"那座小屋啊，去年就拆了。"

"怎么会……"见我一脸的不解，朋友答道：

"因为已经烂得不成样子了！"

"哎？是被白蚁蛀了吗？"

"是树哟！那棵辛夷树哟！"

接着，他告诉我：

"房子紧挨着大树，可真是不好啊！每年落下一大堆叶子，把排水管都堵死了，小屋破损严重。虽然经常修理，可那叶子掉得也太吓人了，细细一查，才知道那棵树生病了。"

"……"

"当发现的时候，已经烂了，树干已经成了坑坑洼洼的空洞了。这还不算，上次刮台风时，树枝又喀嚓一声折断了，落到了屋顶上，把天窗彻底砸坏了！"

我不由得闭上了眼睛，屏住呼吸，自言自语了一句：

"果然……"

还给我，还给我，那个声音又在我的耳边复苏了。而这时我一切都明白了，就因为我从一片花的影子里得到了树的养分，才重新站了起来，而树却死了。

"真对不起啊……"

我轻声地自言自语。

于是，我的心里突然热了起来，涌起了一种说不出是悲伤还是感动的回忆。就好像天窗上晃动着的那一大片雪白的花，原封不动地移到了我的心里，如同点燃了一盏白色的灯。

白釉砂锅的故事

你知道白釉砂锅吗？

一种土制的，茶色的锅。

有一个圆盖子，一个把手，一个嘴儿，用它来煮稀饭和熬菜粥，特别方便。不过，这种锅现在却看不大到了。

有座房子的碗橱深处，就放着这样一口白釉砂锅。

这是田野当中的一座房子。

只要稍微有一阵风吹过，门和窗户就会摇得嘎啦嘎啦响；只要大雪积起来，似乎就能把它埋住。一座又旧又小的小房子。

这座房子里，孤零零地躺着一位老奶奶，她感冒了。

老奶奶一直没有退烧，咳嗽，头痛，肩膀和后背不停地打寒战。

"这个时候，要是有谁在身边就好了。哪怕是有只猫在身边，也大不一样啊……"

老奶奶刚这么嘟哝了一句，就从厨房那边传来了咔嗒咔嗒的声音。

咦，好像有谁来了，老奶奶想。

"是谁啊——"

老奶奶躺在那里叫了起来。

可是，那个咔嗒咔嗒、咔嗒咔嗒的声音又响了起来。

老奶奶又问了一遍："是谁啊？"

这一回，有一个劲头十足的声音回答她了：

"是我，白釉。"

"白釉……哎？"

老奶奶想开了，我认识的人里头，有谁叫白釉呢……

于是，明朗的声音又响了起来：

"嗯，我是白釉砂锅，请您把这个碗橱的门打开一下！"

老奶奶瞪圆了眼睛。

原来咔嗒咔嗒的声音，是从厨房的碗橱里发出来的。说话的，竟是那口一直放在里头的旧砂锅。

"哎呀，吓了我一大跳。白釉砂锅竟然开口说话了！"

老奶奶愣了一会儿，然后就又高兴起来了。

老奶奶孤零零一个人，又生了病，所以特别渴望有谁能对她好一点，她才不管它是砂锅还是盘子呢。

"来了来了，我这就来开门！"

老奶奶爬了起来，摇摇晃晃地朝厨房走去。

她嘎吱一声打开碗橱的门，白釉砂锅轻轻地跳了起来。

"好久不见了。"它说。

"……"

老奶奶久久地盯着白釉砂锅。

"可不是嘛，有几十年了吧……"

很久很久以前，当老奶奶还是一个小女孩的时候，白釉砂锅在这间厨房里可是相当活跃啊。

老奶奶的妈妈特别喜欢这口砂锅，总是用它咕嘟咕嘟地煮萝卜和山药给她吃。白釉砂锅一放到火上，就会从嘴儿里噗哧噗哧地往外冒白汽，整个家里都充满了一股香味——老奶奶想起了从前的往事。

"真是让人怀念啊……"

老奶奶轻轻地摸了白釉砂锅一下，想不到白釉砂锅说出这样一句话来："奶奶，热气腾腾的稀饭怎么样？"

"什么？你要给我煮一锅热气腾腾的稀饭？"

"嗯，请您把米和水放到我的里面。然后我嗖地一下跳到火上，就能给您煮一锅好吃的稀饭了！"

"谢谢你的好意，"老奶奶摇了摇头，"可是我现在不想吃稀饭。"

"那么，热菜汤怎么样？您只要把切碎的蔬菜和水放到我的里面，我马上就能做一锅好喝的汤。"

"谢谢你的好意，"老奶奶再次摇了摇头，"可是我现在不想喝汤。比起热的东西来，我更想吃凉的东西。"

夏洛书屋·北风遗忘的手绢

"是吗？"白釉砂锅想了想，盖子咔嗒响了一声，"那我就来做个糖水苹果吧，晾凉了再吃！"

听了这话，老奶奶终于笑了。

"哎呀，我早就想吃糖水苹果啦！"

"是吗！"

白釉砂锅兴奋得直蹦高。

"那么奶奶，请把苹果的皮削掉吧，再切成薄片，然后把切好的苹果和一把砂糖放到我的里面。"

老奶奶照着它说的做了。

白釉砂锅说："奶奶，您去安安静静地睡一会儿吧。"

接下来，会发生怎样的事情呢？

趁老奶奶回房间去睡觉，白釉砂锅跳到了炉灶上。

"点火，点火！"它喊道。

于是，冰凉的炉灶里，火就着了起来，冒出了小小的火苗。

"微火，微火！"

白釉砂锅这么一喊，炉灶的火就变成了恰到好处的微火，弱弱地燃烧着。

砂锅里头的苹果煮软了。白色的砂糖融化了，渗到了苹果里。白釉砂锅的嘴儿里，噗哧噗哧地冒着热气。甜苹果的香味，慢慢地在房子里弥漫开了。

"熄火，熄火！"

等糖水苹果煮好了，白釉砂锅喊了一声，炉灶的火就熄掉了。然后，它哐当一声跳到了地上。

"奶奶，我去外边一下啊！"

说完，白釉砂锅就从厨房的门口咔嗒咔嗒、咔嗒咔嗒地跑了出去。

外边正刮着北风。

老奶奶田里的那棵小柿子树在风中颤抖。

"柿子树，你好！"

白釉砂锅说。

柿子树摇晃了一下细树枝，答道：

"你好，天好冷啊！"

"可不是嘛，真的好冷啊。不过，今天会更冷，说不定还会下雪。"

白釉砂锅说完，就冲着天空，突然吹起了口哨。

哗——

一声又细又尖，听上去像鸟叫一样的口哨。然后，白釉砂锅仰望着天空，用力大声地唱了起来：

"白雪飘飘，白雪飘飘。"

你猜怎么着？

铅灰色的天空上，纷纷扬扬地下起了如同花瓣一样的雪。

白釉砂锅沐浴在大片大片的雪花中，开心地笑了，它一动不动地在那里站了好久、好久。

白釉砂锅罩上了一层雪，变白了，很快就变得和雪一样凉了。

"做好了，做好了，凉凉的甜点心。"

它一边唱歌，一边咔嗒咔嗒地回到房子里去了。

它来到老奶奶的枕头边上，轻声说：

"奶奶，让您久等了。糖水苹果已经凉好了。"

老奶奶张开了眼睛，看着白釉砂锅。

然后，她开心地点了点头，打开了白釉砂锅的盖子。

糖水苹果又白又凉，亮晶晶的。

"谢谢。"

老奶奶拿起枕头边上的匙子，慢慢地吃起了糖水苹果。对于发烧、口干舌燥的老奶奶来说，能吃上凉凉的糖水苹果，该有多么舒服、多么甜啊！

"太好吃了！我有多少年没吃过这么好吃的东西了？"

老奶奶吃了一口，闭上了眼睛。就在这时，她的身体好像一下好了不少。等老奶奶把糖水苹果都吃光了，白釉砂锅开口说话了：

"接下来，请好好休息吧。您困了吧？感冒了最好就是睡觉。"

别说，老奶奶还真的发困了。她闭上眼睛，不知不觉地就睡着了。

黎明时分，老奶奶做了一个梦。

是一个苹果园的梦。

苹果园里的苹果花开了。老奶奶变成了一个小女孩，正在花中嬉戏。她穿着白点花纹的和服，系着红色的腰带，头发上插着一个小小的金铃铛。那个铃声开心极了，老奶奶一蹦一蹦地跳了起来。就在这时，从远处传来了歌声。

"白雪飘飘，白雪飘飘。"

一个亲切而又温暖的歌声。那么熟悉，那么让人怀念。老奶奶朝着歌声传来的方向奔了过去。这时，苹果花开始纷纷扬扬地落了下来。

"白雪飘飘，白雪飘飘。"

合着不可思议的歌声，苹果花的花瓣像雪花一样落了下来。老奶奶头发上的铃铛丁零零地响着，她不停地朝前跑去。可是她跑啊跑啊，苹果园就没有一个尽头。而且，白色的花瓣落得也更加猛烈了。

花吹雪，花吹雪。

草屐啪哒啪哒地响着，老奶奶不停地跑着。

接着，一个女人出其不意地出现在了花吹雪中。她穿着劳动裤，头发在脑后盘了一个髻，手软软白白的，十分温柔。

“妈妈！”

啊，是老奶奶早已死去的妈妈。

妈妈看见老奶奶，放心地笑了。于是，周围变得明亮了一点。老奶奶开心极了，心里感慨万分，怦怦地跳个不停。

她一边跳跃着，一边又叫了一声：

“妈妈——”

她快要哭出来了。

梦里的妈妈，轻轻地挥了挥白白的手。于是，四周渐渐地明亮起来。如同无数根光箭，一齐从天空中射了下来。

啊，好刺眼！老奶奶闭上了眼睛，可还是太刺眼了，太刺眼了，于是她用双手捂住了脸。

就在这时，老奶奶醒了过来。

一个温柔而又美丽的梦，消失了。

原来老奶奶正躺在自己的家里，朝阳照在她的身上。枕头边上，一口白釉砂锅静静地放着光。老奶奶猛地坐了起来，晃了晃头。头已经一点不痛了，烧也退了。

“白釉砂锅，我的身体好多了！”

老奶奶对白釉砂锅说。

说完，她就小心翼翼地抱起它，拿到了厨房。

老奶奶把白釉砂锅洗得干干净净，然后，又用抹布把它擦得锃亮，宝贝似的放到了炉灶的上面。

夏洛书屋